시담포엠 시인선 016

이 영 시집

마리앤의 사랑

Love of Marianne

마리앤의 사랑

초판발행 2019년 10월 1일 제 1판 인쇄

지 은 이 | 이 영
펴 낸 이 | 김성규 박정이
편집인 겸 편집주간 | 박정이
펴 낸 곳 | 도서출판 시담포엠

출판등록 | 2017. 02. 06
등록번호 | 제2017-46호
주   소 | 서울시 강남구 테혜란로 311, 1321호<역삼동, 아남타워>
대표전화 | 010-2378-0446 / 02)568-9900
이 메 일 | miracle3120@hanmail.net

©2019 이 영
ISBN 979-11-89640-05-7
값 10,000원

시담포엠 시인선 016

이 영 시집

마리앤의 사랑
Love of Marianne

도서출판 시담포엠

✍ 시인의 말

　지나온 발자국을 뒤돌아보게 되는 여유로운 시간이 내 곁에 길섶의 풀꽃도 아름다워 황혼 길에 떠오르는 향기롭고 고마운 모습들, 참으로 소중한 이웃들이 함께 하였음을 깨닫기에 용기를 내어 불러보았습니다.

　시를 쓰는 것은 나를 돌아보는 부끄러운 고백입니다.

　포에트리 시인학교 박정이 선생님께서 나를 이끌어 주시고 가르쳐 주셨습니다.

　진심으로 감사를 드립니다.

　나의 글을 읽어주고 격려해 준 강남포엠, 포에트리 문우님들께도 감사드립니다.

　나의 든든한 버팀목이 되어준 하나뿐인 나의 아들 사랑하는 알폰소(Alfonso)와 함께 이 커다란 기쁨을 나누고 싶습니다.

　하느님 감사합니다.

2019년 9월 가을의 문턱에서

✍ 축하의 글

시가 반짝입니다.
삶이 반짝입니다.

우리는 세상을 바라보고 있습니다. 우리가 삶을 산다는 것은 보는 것을 의미합니다. 나의 눈과 마음의 눈으로 나의 인생을 기록하고 있습니다. 세상을 보는 관점은 세상에 대한 태도를 말합니다.

본다는 것은 믿는 것입니다. 그렇게 보이는 것은 그렇다고 믿고 있기 때문입니다. 믿음이 나와 나의 세상을 변하게 합니다. 보는 것이 변화의 시작입니다. 그래서 시인은 세상을 바꾸어 줍니다. 시인은 세상을 다르게 보는 사람이기 때문입니다.

어머님이 시집을 출간합니다. 너무나 기쁩니다. 너무 너무 축하드립니다. 어머니 시집에 축하의 말을 쓰는 저는 이루 말할 수 없는 행복을 느낍니다. 이보다 가슴 뛰는 일이 세상에 있을까요? 받기만 하던 사랑을 축하의 글로 줄 수 있는 지금, 눈물이 가득 차 잠시 멈추어 봅니다. 행복과 벅참이 공존하는 시간입니다.

시는 세상의 또 다른 관점입니다. 그래서 시詩는 시視입니다. 보는 것입니다. 70여년이 넘도록 살아오신 어머님의 눈을 보고 싶습니다. 그 속에 담긴 과거와 현재, 그리고 미래의 시선을 보고 싶습니다. 그 시선을 저와 여러분이 같이 공유 했으면 합니다. 그 속에 묻어 있는 삶의 흔적과 마음의 기록을 한자 한자 열어 보았으면 합니다. 알을 깨고 부화한 병아리처럼 제 3의 인생을 사는 어머니의 지혜와 깨달음을 축복합니다. 세상을 바라보는 새로운 '시' 를 응원합니다. 그리고 사랑합니다.

　아직도 어머니의 삶은 반짝입니다. 밤하늘에 빛나는 별처럼 마리앤의 사랑은 영원히 빛날 것입니다.

2019년 9월 진료실에서 설레는
마음의 아들
알폰소 이하영

차례

거울

저만치 서있는
낯 설은 얼굴
언젠가 지하철 맞은편 거울에 비친
그 흰머리 친구의 얼굴은 엄마의 얼굴이다
깜짝 놀란 나는
미용실 거울 속에서 얼굴을 비쳐본다

지난날
보고 또 보았던 예쁜 얼굴은
아무리 보아도
분명 흰 머리 내 엄마다
아직도 내 마음 속 거울엔
단발머리 하얀 소녀가 서성이는데.

거실의 제라늄

나는
베란다 아닌
거실의 곳간을 채우기 위해
색색의 제라늄을 묻었다
빨강색 제라늄이
빨강색을 잊어버리기 전
그 절정의 빨강색 꽃잎들이
나를 반긴다

겨울 속 나의 정원에 새가 앉았다
저토록 이나 빨갛고 아름다운
작은 화분 속 나의 제라늄

계절 내내 꽃을 피우는
색색의 제라늄
분홍색 꽃잎이 예쁜 분홍색일 때
나는 분홍색 립스틱을 바른다

바람의 시신

바람
바람은 어디에서 와서
어디로 가는지
팔순이 넘은 홀로된 아버지와 함께 살면서
죽음에 대한 공포가 항상 나를 기도하게 하였다
제발 한 밤중에 죽음을 맞이하게 말아 주길……
어느 날 아침 아버지께
불평과 불만의 말을 심하게 했던 나에게
화가 난 얼굴로 무섭게 두 눈을 치켜뜨는 순간
새파란 한줄기 섬광이 눈빛에서 나와
하늘로 치솟는 광경이 그 시간 아버지의 일그러진 모
습이 너무나도 무서웠다
그 싸늘한 섬광이 떠나가는 영혼이라 생각되었다
그날 오후 아버지께서는 목욕탕 사우나 실에서
잠든 상태로 저 세상으로 가셨다
아침에 보았던 섬광처럼 나온
빛의 바람이 영혼이 아닐까
영혼인 바람의 시신이 육신의 죽음 보다
먼저 떠난다는 것을
그날 체험이후 나는 항상 생각한다
바람의 시신이 어디로 갔을까

매봉산 노을

저물어 가는
감빛의 향연이 펼쳐진다
하루를 마감한 태양이
사라지려는 순간
붉은 햇덩어리가
마지막 순간의 열정을 쏟아낸다

황혼기에 접어든 나 역시
화려한 빛을 발산하고

떠나가는 저 매봉산의 노을처럼
오늘 하루도 시들어가는
황혼의 열정을 남김없이 태우련다

내게 질문을 던져본다

어느 날 아침
마주친 등교 길 학생들은
언제나 활기차
예나 지금이나

오늘은 같은 길에서
걸어오는 어느 여자 중학생을 만났다
빠알간 입술
또 다른 여학생은 주황색 입술
달려오는 세 번째 여중생은 분홍색 입술
엄마의 립스틱을 살짝 발랐을까
그 옛날 여자 중학생들의
밝으스레한 입술
자연스런 입술색이
가장 아름다운 입술이다

어부의 만찬

겨울 바닷가
조그마한 어촌의 선창 모래밭
건조망에 펼쳐진 겨울물고기
대구 아구 메기 납세미……
방금 어부의 손길에서 벗어나
팔딱거리며 숨 쉬고 있는 건조망 위의 물고기가 가엾다

하룻밤 여행으로 삼은 이수도의
펜션 어부의 만찬
이름처럼 겨울 해산물로 꾸며진 밥상
대구탕, 아구탕, 메기탕 등
조개들의 합창 피조개 소라 가리비
문어 낙지 새우 해삼 등
생선회와 해초류 등
황혼기에 접어든 내 생애 통틀어 맛보았던
해산물들을 하루 동안 다 맛볼 수 있는
이수도의 맛 기행은
진정한 환희였다

아들아

너의 빛나는 이름 뒤에 숨은
엄마의 행복은
세상의 어둡고 슬픈 곳을
밝게 비춰주는 등불이고 싶다

네 어릴 적 방긋 웃는 아가 얼굴
모든 아픔 사르르 녹았단다
까까머리 중학생 순수함 덩어리도
고등학생, 대학생도
치열한 경쟁 속을 뚫고 뚫어
이제는 어엿한 의사 선생님

오늘도 살얼음판 무대 넘어지지 않기를
엄마는 두 손 모아 기도한단다.

흙길을 걷는다

오늘도 매봉산 흙길을 걷는다
조금은 푸석한 흙길
엄마의 품속 같은 포근함 속으로 걸어간다

이 작은 등산길
거의 사철나무 없는
나목만이 자리한 겨울산이지만
이 흙길을 걸으면
자꾸만 자연으로 되돌아가고 싶다
맘 한구석에서 묻어나는
미지의 자연섭리
흙에서 태어났으니 흙으로……

이수도의 겨울바다

겨울바다가 보고 싶어
이수도에 도착했다
지난여름에는 태풍으로 쾌속선이
운항을 중지해 애태워 왔는데
지금은 파도가 잠잠해 매일 운항을 한단다

우리 인생의 여정과도 같은 바다
커다란 파도물결이
마지막 바위에 부딪혀 퍼지는
하이얀 파도 조각들 !
젊은 날의 찬란했던 시간의 여운이 밀려온다

잔잔한 겨울바다
그 위의 빠른 쾌속선은 황혼속의 내 모습
쾌속선처럼 달려가는 시간

잔잔한 겨울바다처럼
거센 파도 없이 남은 여정
그냥 쾌속선 타고 갈까 보다

분홍색 함박꽃

오늘
어느 모임에서 보았던
꽃병속의 함박꽃
그 순간
떠오르는 어릴 적 수목원 같은
우리 집 넓은 정원
작은 연못에 작은 돌다리까지
연못가에는 탐스럽고 화려한
분홍색 함박꽃들
동생과 나란히 함박꽃만큼이나
활짝 웃고 찍은 사진은
떠오르는 영화의 한 장면이다
지금 황혼기에도
그 아름다운 풍경은
자연의 풍요로움,
그리고 즐거움이다

커피의 목소리가 들린다

50여 년 전
처음 마신 진한 커피에 취해 버렸던
바리톤 목소리의 블루 마운틴

미국 그랜드케년에서 마셨던
소프라노 음성의 가벼운 아메리카노
어지러웠던 내게
머그잔 가득 한잔의 아메리카노를
마시게 한 그 간호사
저혈압인 사람은 커피 한 잔에
혈압이 상승
어지럼증을 완화시켜 정상으로 회복된단다

그 후 매일 아침
자마이카 블루 마운틴에
몇 방울의 하이얀 우유 넣은
연갈색의 커피
찻잔도 따뜻하게
맛과 향도 적당하게
정성까지 잘 배합된
달콤한 멜로디의 모닝커피
행복한 하루가 열린다

하루살이의 사랑

나는 하루살이의 사랑은 싫다
가벼운 음성
가벼운 눈길
가벼운 몸짓
애교 섞인 눈빛으로 안녕하세요
처음엔 솔깃
두 번째 들을 때엔 메마른 느낌
세 번째는 이미 멀어져버린 느낌
하루살이의 매력을 느끼지 못하고
묵은 사람만을 고집하는 내게는
아직도 무뚝뚝한 첫 향기가 좋다

허지만 해 질 녘 노을에 얹혀 있는
지금 내게는
하루살이의 사랑에도
깊은 환희를 느낀다

해독제 복국

몸의 해독제 복국
작은 간이역 앞의 허름한 복국 집
20 여 년전 생각을 하며 내린 일광역
현대식 건물의 일광 대복집
명절음식으로 거부룩한 몸이
한 그릇의 복국으로 가뿐해 진다

마음속 응어리도
매일의 기도 속에서 풀어낸다
생각도 많고말도 행위도 바르게

내 황혼길 남은 삶에서
몸과 마음 해독하며
가볍게 저물어 가는 바람

어둠 몇 봉지

낯선 이국 땅 저물어 가는 석양,
어둠 한 봉지는 무서운 쓸쓸함이다
일터에서 마주치는 이목구비 다른
서양인 모습에서 오는 이질감도
어둠 한 봉지이다
외국어가 서툴러 몰려오는 소통할 수 없는
감정의 어둠 한 봉지
육체적 병약함에서 오는 신체적
열등감의 어둠 한 봉지
지난날 50여 년 전 가난한 젊은이들의
외국에서의 삶이였노라고
어둠의 봉지를 찢지 못한 누군가는
더 짙은 어둠 속으로……
어둠의 봉지에서 밝음의 봉지로
빨리 옮긴 누군가는
화려하고 성공한 날들로 가득 찼다
나는 모델이다

하나 둘   리듬에 맞춰
한 걸음 씩 한 걸음 씩
앞을 바라보며
바른 자세로
보폭도 적당하게
걷는 연습을 모델처럼
워킹반에서 걷기를 배운다
구부정한 황혼객들의 모습이 싫어서
눈높이에서 조금 높게
15도 각도로 위를 보며 걷는 것이 미래형
눈높이로 똑바로 바라보며
걷는 것이 현재형
눈높이 아래로 보면서
걷는 것이 과거형

비록 내 황혼 속 내리막길이지만
내일을 향하여
위를 보고 천천히 걸어가련다

들풀

질주하는 도로 위
보도블록 틈 사이에서 홀로 솟아나는
들풀의 끈질긴 강인함이여
역경의 어려움을 헤쳐 나갈
용기를 네게서 배웠고
참고 견디는 인내심도
너의 끈기에서 배웠다

아들의 선물

아들이 내게 향수를 선물했다
오늘 점심은 아들과 같이하는
즐거운 시간 고급 레스토랑,
나는 화장을 예쁘게 하고 마무리는
꼭 향수를 뿌려야 한다

늦은 아들이기에 또래의 엄마보다는
나이가 들어 항상 엄마가 걱정이란다
황혼 속 살내음
언제나 산뜻한 향수를 마무리로
뿌리고 나오라는 아들의 말을
꼭 지킨다
오늘도 한 두 방울 목덜미,손목에……

권경옥 선생님을 생각하며

신인 문학상 당선 통지서를
나의 초등학교 담임선생님께 보낸다
고등학교에서 또다시 만난
두 번 째 사제지간의 인연
국어 선생님으로 한 학기도 되기 전
학교를 떠났다
영사부인으로 캐나다에서
누군가를 통해 내 소식을 물었단다
초등시절 수제자로 생각했던
그 제자가 궁금했나 보다
내 친한 친구의 언니의 친구이기도 한
그 선생님
친구에게도 내 소식을 자주 물었다

그 선생님께 무소식밖엔 전하지 못했던 제자 그러다가
갑자기 저 세상으로 가버린 나의 선생님 권경옥
오늘 선생님께 시인으로 나마 등단하였다고
소식 전하고 싶다
해마다 11월에는 선생님을 위한
*연미사를 올린다

* 연미사 : 죽은 이를 위한 미사

장례 미사

하나뿐인 딸이 엄마에게
어제도 곁에서
미음까지 먹였단다
밤중에 돌아서 만져보니
숨소리가 멈춰
이미 저 세상으로
숨 한번 깜박할 사이에
이승에서 저승으로……

탄생의 기쁨보다
죽음의 엄숙함이
장례미사에서 베어 나온다
언젠가는 떠나게 될
나의 길처럼.

나는 그녀를 딸이라 부르고 싶다

늘 푸른 광안리 바닷가 타원으로 펼쳐진 광활한 수평선 70여년 정들었던 그 곳을 떠나 이사 온 서울 아파트 불안과 공포로 무인도에 온 듯한 착각 그 위에 이석증이라는 어지럼병 까지 있었다

어느 날 엘리베이터에서 어지러워 앉아버린 나, 문이 열리자 예쁜 젊은 엄마가 내게 물었다
어디 아프세요?
나를 부축해주며 쓰레기통도 정리해주었다

그 후 예쁜 젊은 엄마인 채운 엄마
언제나 보호자로 나를 데리고 병원까지 갔다 식욕이 없는 나를 위해
요리까지 해 오는 딸 같은 채운 엄마
둘이 같이 걸어가는 모습을 본 이웃 아주머니는 친딸인 줄 알았다네

아직도 나에게 기쁨을 주고 보호자처럼 돌봐 주는 사랑하는 채운 엄마
나는 정말 딸이라 부르고 싶다
사랑하는 내 딸 조유정.

4월의 그리움

노오란 울타리에서
봄 소리가 들려오고
목련은
고귀한 자태를 뽐내며
벚꽃들은 한바탕
꽃 하늘을 펼치고
진달래는 그늘에서 계절을
내어주고 있는 4월
둘이 걸었던 매봉산 향기를 네게 보낸다
멀리 떠난
딸 간은 조윤정이 보고 싶어라
봄비 내리는 저녁
널 그리며 걷고 있다

처음이구나 남의 딸이 내 가슴에 있었다는 것이
하나뿐인 내 아들만의 가슴인 줄
알았는데
너도 자리하고 있었구나
사랑한 것만큼
사랑 받은 만큼
가슴을 차지 한다는 것을!

2월의 이별

사랑하는 딸과 이별이란다
둘이서 정답게 걸었던 이 길도
맛있게 먹었던 이 맛집도
달콤하게 마셨던 이 찻집도
이제는 함께 올 수 없다

사랑하는 딸이 다른 나라로 이사를 간다
그 소리를 듣는 순간
가슴 속의 사랑 덩어리가 툭 떨어져 나가는
텅 빈 가슴속을 느꼈다 사랑하고 의지했던 그 딸이 멀
리 떠나간단다
이제 또 다른 불안과 두려움이 나를 감싸려고 한다
허나 언젠가는 모두가 홀로 인 것을
타국에서도 행복하기만을
다만 기도할 뿐이다
사랑하는 내 딸아.

진달래 친구

진달래 계절에는
먼저 떠난 친구 얼굴이……
연보라 분홍색 진달래야
너의 보드라운 꽃잎처럼
여린 친구가 생각난다

진달래꽃을 무척이나
좋아했던 그 친구,
우리는 분홍색 진달래 계곡을
친구 하며 많이도 걸었지

진달래가 필 때면
다가 왔다가 질 때면
떠나가는 내 진달래 친구다

진달래 여자

이른 봄의 진달래가
겨울의 끝자락을 밀어내고
연분홍 고운 모습을 드러내는
봄의 여자
가지마다 달린 꽃봉오리가 터지면서 나온
가녀린 네 모습

잎이 없어 더욱더 돋보이는 너
네 곁에 초록 잎이 자리하면
네 고독이 엷어지지
너는 나뭇잎 없이
가지마다에서 홀로 아름다움을
뽐내어야
진정한 너의 가치
꽃 중의 꽃이 되는 거지

내원사의 여승

봄나들이로
내원사 근처 야산으로 등산을 갔다
내원사에서 나온
서너 명의 여승들이 쑥을 캔다
쑥을 캐는 여승들의 모습이
한 폭의 그림 같다

영혼이 맑아 얼굴까지 깨끗한
아름다운 그 여승
봄날 쑥이 올라오면
떠오르는
그 어린 여승의 얼굴

살짝 우리를 보며 눈웃음으로
인사를 건네고
또 쑥을 캔다
잊혀 지지 않는 그 해맑은
여승의 얼굴
그 쑥국은 얼마나 맛이 있었을까!

마리엔의 사랑

35년간 압축된 향수 한 방울
우연이라는 단어에 '고맙다'라는 말을 건넨다
거리감이 주는 사랑은
향수 한 방울의 행복

25년 전 첫 사랑이자 짝 사랑의 대상인
B신부님, 그가
방콕 C호텔 복도에서 내게로 걸어온다
다가오며 큰 소리로
리틀걸 마리엔, 그 작은 소녀가 많이 컸다고,
손을 내밀며
50대 중반의 마리엔에게
던진 35년 만의 인사
50대 중년의 여자는 가슴속에 묻어 두었던
첫 사랑을 고백한다
B신부님은 그녀를 한 순진한 소녀로서
가슴속에 묻었단다

사랑의 대상은 C수녀님
나 역시 미래의 내 모습으로 남아있는
깨끗하고 예쁜 C수녀님

그날
점심 저녁 한 잔의 술까지
기분 좋게 흥분한 상태에서 마지막 포옹과 악수로 헤
어졌다

숙소인 A호텔로 돌아오는 나의 발길은
구름 위를 걷고 있었다

추억이 떠내려가다

여름 캠핑으로 지리산에서
두 밤을 보내기로 하며 떠난
대학생 아들
하루 뒤 홍수로 산사태가 나서
몸만 빠져나온 아들과 그 친구들

그때 가져간 사진기 속에는
나와 같이 찍은
짝 사랑의 B신부님이 가득
겨우 몇 장남은 필름을 다 채우고
현상을 하려고 가져간 것이
홍수에 떠내려갔단다
순간 들려오는 누군가의 목소리
마음속 사랑은 마음속에 묻어야지

빨강색 립스틱

딩동 딩동
택배가 왔다
예쁜 포장 속
빨강색 립스틱
처음으로 받아본 립스틱 선물
아프고 우울한
엄마의 기분을
환하게 해주고 싶어 보내왔단다

거울 속 빨간 입술의
*이드리 햅번
'할로' 하는 미소년과
나란히 얼굴 붉히며
걷다가……
고개 들어 다시 쳐다보니
하이얀 머리 이드리햅번에게
잘 어울리는
빨강색 립스틱

* 오드리 햅번 전성시대에 젊은 날 나의 별명이 ,이드리 햅번

여고 동창회

해마다 보는 얼굴들이 줄어든다
오늘은

총무의 매끈한 사회, 내게 시인 등단 기념으로
회장께서 준 선물, 갖고 싶어 했던 색깔의 스카프
나의 시도 낭독하고
여고 동창들, 설레게 하는 향수 한 마당
해질녘 친구들 이해하고 , 웃음 가득
동요 부르며 손뼉 치고, '친구'라는 노래를
부르고 헤어졌다
바쁘게 팔순으로 가고 있는 동창들에게
좋은 포도주를 테이블에 마련해준
누군가에게 고맙다 라는 말을 남긴다

봄 향기 가득한 스카프

화려한 차림의 여고 동창회 총무 김효정
옷매 못지않게 얼굴도 잘 생긴 친구다
시인 등단 내용을 메일로 알려 달란다
시인 등단 기념으로
내게 선물해준 그 봄 향기 가득한 스카프
내 마음을 그대로 읽은 듯
나의 봄 색깔,
원했던 그 스카프를
선택한 그녀
얼굴 못지않게
속마음도 화려하고 섬세하구나
어쩌면 내 마음이 네게 가서
애기했나 봐
봄 향기가 그립다고
연보라 진달래 하이얀 목련 연분홍 벚꽃에
비둘기 깃털까지 오묘하게
배합된 봄의 색 판타지

소년 성가대

알렐루야 알렐루야
어린이 성가대와 더불어
부활절 미사를 올린다
터질 듯이 목청껏 부르는
소녀 솔로 성가가 도리어
날카로운 소음으로 들려온다

30여년 전 초등시절 아들의
솔로 성가가 들려오고
고운 음성으로 남을 즐겁게,
기도하고 조용히 생각하는
분위기가 그립다
잠깐 사이에 지나가는
시계의 톱니바퀴

언젠가는 들었던
영혼의 즐거움인
빈 소년합창단의
천상의 목소리
그 할랠루야를
되뇌어 본다
아름다운 소년성가대의 성가

고마운 박정이 선생님

신인 문학상 통지서를 받고
날개 달고 먼저 날아간
하나뿐인 내 아들
또 다시 훨훨 날아가 나를 아껴준
초등학교 담임선생님
나를 떠밀어 시창작반으로 보낸
친구에게 날아갔다
나에게 날개 달아준 시인 박정이 선생님
진정한 시인이시고 고마운 선생님
많은 시인을 길러 내시고 있는 박정이 선생님
처음 보는 순간 시원한 눈
뚜렷한 이목구비의 아름다운 얼굴
서글서글한 성격에 예리함 까지 갖춘
50대의 청춘
아버지의 사랑을 듬뿍 받은 어린 박정이 선생님
닮은 어린 시절 아빠의 사랑 속에서 날개 달고 날았지요

박정이 선생님
흐르는 강물보다 빠른 먼저 걸어온 길
황혼 길에서도 많은 시인 길러 내시고
제자 사랑 속에서
아름다운 시 한편처럼
편안한 길 마련되시길……

친절한 이용이 시인

곤지암 화담 숲 나들이로
하루를 같이한 이용이 시인
친절한 배려에 남동생으로 착각
너무 풀어진 나의 자태

배 불룩 나온 채로 나란히 찍은
모습에서
깜짝 놀란 누나
처음 본 모습
정성어린 친절에 나사가 풀려
나의 배불룩이 증명을 한다

이용이 시인의 친절한 배려
나를 시인으로 이끌어 주었고
건강도 되찾게 하여 준
정성 어린 배려에 감사하며
배불룩이 누나가 되었다

아도니스(Adonis)

어느 봄날
한 시간 회의를 하는 동안
꽃병에 꽂은 꽃봉오리가
서서히 열리면서 꽃이 피었다
억지로 피울 수 없는
자연의 신비
*아네모네 꽃

비너스가 사랑한
아도니스의 주검
피로 젖은 땅 위에
향기로운 신의 술을 뿌려
연약한 꽃이 되어
산들 바람만 불어도 꽃잎이 떨어지는
이루어 질 수 없는 사랑의 꽃
피처럼 빠알간
아름다운 아네모네 꽃이 되었다

* 아도니스(Adonis) : 비너스가 사랑한 미소년

비둘기 부부

이른 아침 베란다 앞
에어컨 설치 난간대에
앉은 비둘기 두 마리

오랜만에 바라본
한 쌍이라는 모습

세상이 이어져가는 원천이네

인연이라는 끈나풀로
서로 사랑하면서

동물의 세계에도
이혼이 있을까?

청바지 차림

칭찬은 메마르지 않는 옹달샘

청바지를 입으면
젊은 날 등 뒤에서 달려온
어느 멋진 미남과의
차 한 잔의 속삭임
청바지 입은 아름다운 뒷모습이
자기 여친과 너무 닮아
쫓아 왔단다

황혼 길에도

청바지만 입으면
즐거운 기억 속으로 걸어간다

50대 중반 청바지 차림의 미국여행
관광버스 속 뭇 나리 여행객들의 찬사
청바지 입은 내 예쁜 젊은 모델

흰머리 댄서들

시니어 율동반에서 매주 한번 씩
춤을 춘다
흥겨운 노래에 맞춰 둥글게손잡고 왈츠를 춘다

젊은 날 유럽에서 춤추었던 추억 속으로 빨려 들면서
웃음 가득 머금고 가볍게 몸을 날리면서 붕붕 하늘
위로 떠올라
흥겹게 몸을 움직인다
부드럽고 즐거운 몸짓과 표정으로
박자에 맞춰 시간이 흐르는 것도 잊는다 노래가 멈
추면서 문득 그 황홀감에서 눈을 뜨고 둘러보니 온데
간데 없다 멋진 젊은 무리들이
황혼 속 흰머리 댄서들의 만이
내 앞 파트너가 애기한다
지금 앤돌핀이 온 몸에서 나온 듯 하단다
나의 추억 여행을 동행이라도 한 것처럼 흥겨운 왈
츠가 댄서들의 젊은 날로
그녀 역시 앤돌핀이······

창덕궁 나들이

몇 백 년 전 조선의 한양
창덕궁
화려하고 웅장한 왕의 모습
꽃과 신록의 만찬
조화롭게 배치된
건물들
근정전에 깔려 있는
커다란 박석들
나무기둥이 말해 주는 튼튼함
화려한 임금의 행차에
잘 어울려지는 건물들이
세월의 흐름에 흘러간다
왕후가 된 기분으로 지금 궁전의 뜰을 걷고있다
마음 맞는 사람과 함께 즐기는
이 길이 임금님 행차 길 만큼이나 즐거운 나들이다

와인바에서

신록의 6월
오후 산책으로 안국동으로 간잔다

남동생 같은 이용이 시인
여동생 같은 안창남 시인과 나
우리 세 사람

조선의 왕궁도 둘러보고
유럽풍의 산책길을 걸으며
해질녘 고즈넉한 창가의
아름다움에 젊은 날로 되돌아간다

초저녁의 와인 바
브람스의 교향곡에 젖어
자주 빛 포도주에 취하면서
파란 눈의 베버(Weber)와 마셨던
젊은 날의 달콤한 추억 속으로

황홀했던 포도주의 향연
은은하게 잔 부딪히는 소리가 들린다

매봉산 뻐꾸기

뻐꾹 뻐꾹
매봉산 뻐꾸기 소리

짙은 신록에 여름친구 하잔다

여름에는 무성한 밀림 같은 숲 속을
이루어 주는 매봉산 상수리나무
혼탁한 도심의 낙원 같은 여름의 매봉산

청아한 뻐꾸기 소리
자연의 소리가 온 가슴
가득 채워지는 황혼 속
홀로 걷는 산길의 즐거움이다

까치소리

새벽 창밖의
까치 소리 정겹다

반가운 소식 올까
좋은 사람 만날까
언제나 즐거운 노래 소리

언젠가 환생을 한다면
날렵한 까치가 되어
밝은 소리전하고 어디든지 훨훨

아들의 책이 '오늘의 책'으로
소개된 반가운 소식이다

좋은 열매 우리 아들

처음 마신 술에 취한
대학생 아들
앉아있는 모습에서
제 아버지를 본다
자주 보지도 않고 자랐건만

보기 드문 효자인 아들
내게 없는 좋은 점
남편의 장점을 닮았다

40여년이 흐른 뒤
저 세상으로 떠난 후에
이제야 좋은 나무란 걸 느낀다

엇갈린 인연

메리놀 병원 검사실에
근무하는 미스리가 두 사람
한 사람 미스리가 결근한 날

레지던트 이선생이 방문
미스리에게 시간 나면 같이 ……

좋은 인연으로 맺어진 가정
나의 초등학교 6학년 담임선생님의 조카 레지던트
이 선생님

엇갈린 인연이지만
60여년이 지난 지금
감사합니다 하는 인사말을 전하고 싶다
이희재 선생님 존경합니다.

영화 감상

오랜만에 영화관에 갔다
이석증이란 병을 앓고 난 후
몇 년 만이다

"스트롱거(stronger)"
조셉 바우만의 실화
기적 같은 사랑에서
재생의 힘을 되찾는 사랑의 힘
진실한 사랑의 커플을 보았고
저 토록이나 아프고 처절한 사랑

아직도 나는 추상적인 사랑,
거리감이 주는 맘속 사랑에 익숙하다
걸어온 나의 길에서 벗어나지
못하는 아쉬움
황혼 속 사랑은 차라리
맘속 사랑이 더 좋지 않을까

오늘도 나는 누군가를 그리며
마냥 서산을 향하여 걸어간다

순간의 절망

어느 날 오후
피검사 결과가 나왔다고
동네 병원
나의 주치의에게 갔다

백혈구가 2.8 조금 위험수치
당화 혈색소도
평균치 보다 조금 상승
주의 사항과 불안을 안고
돌아오는 나의 발길은 떨리고
까마귀 소리까지 겹쳐 순간
절망의 구렁텅이로 떨어졌다

씨, 포도

지금 나는
씨 없는 포도를 먹는다

20대 초반
독일 기숙사에서
씨까지 먹는 포도
그때 나는
돌이 넘어가는 기분이었다

포도 씨 같은 어려움들
씹고 씹어 넘겼더니
달콤한 황혼 속
노을이 기다린다

아들의 목소리

아들의 목소리가
탁하게 들리는
날엔 불안하다

수척한 아들의
얼굴이 떠오른다

아들의 가려진
몸과 마음
음성으로만 느낀다

아들에게 남기는 글

흘러간 시간을
되새김 한다
지난날을 더듬게 되는
여유로운 시간

어느 날
일본의 99세 시바타 도요
여류시인의 책을 접하였다
잊었던 작은 꿈을 펼치고 싶어
나를 형성해준 기억들 속
즐거운 추억만을 남기고 싶다

나도
나의 일기장에
나의 흔적을
아들에게 남겨준다

내 친구 하순자

여고 1학년 때 만난 친구
내겐 이름도 아름다운 친구란다

부산여고 졸업 50주년 행사장에서
만난 두 사람

오뚝한 네코는 어디 가고 못생긴 영이가
나 역시 갸날픈 모습은 어디 가고
뚱보 순자가 서울로 이사 와선

얼굴 자주 보며 즐기다가
이제는 음성으로 서로 느낀다

낯설은 서울 땅, 병마에 시달릴 때
형제보다 더 잘 보살펴준
내 친구 하순자
내 친구 이정혜

이정혜는 여고 내 친구
2년이 지나면
여고졸업 60주년
아직도 차를 몰고
골프를 치는
멋쟁이 친구다
명품 옷을 즐겨 입는 그녀
아름다운 얼굴에 몸매도 받쳐줘
눈 감으면 입을 수 없어
덩달아 나도 랄랄랄
옷맵시 못지않게
살림도 멋쟁이 요리도 잘한다

항상 밝은 모습의
내 친구 이정혜는
슬픔들은 모두
선반위에 두고 다닌다

내 친구 서길자

목사 사모님 이었던
내 친구 서길자는
목사님 사별 후 많이 아파하더니
7년쯤 지난 지금 회복
중학교 때 우리 둘은
키가 작아서 앞에 앉았다
지금 좀 큰 키에 서로가
몇 십 년 만에 만나 의아해 하였다
목사님 사모님들 쾌나 멋쟁이 들이다
서울로 이사 온 나에게 반찬까지
병들어 신음할 때 보호자처럼 내 곁에로
내가 기쁠 때 큰 소리로 웃어주고
슬플 때는 같이 울어주는
좋은 내 친구 서길자
진한 기독교 신자인 길자와
천주교 신자인 나와는
중학교 때부터 지금껏
흐르는 물처럼 잔잔함 속의
우정이다

내 친구 강수복

지방도시에서
지금도 약사로 일하고 있는
부지런하고 똑똑한 내 친구 강수복

중학교 1학년 때부터 친구다
강수복 65년쯤 불러본 이름
그 사이 가까이서 얼굴 보지도 못했건만
서로의 음성을 몇 십 년이 지나도
그대로 알아듣는 우리들
내 초등학교 4학년 담임선생님의
친구 동생인 수복이
중학교 들어오기 전부터 나를 알았단다
그 후 너무도 다르게 살아온 길
아주 가끔 몇 년 만에 한두 번 음성으로 불러본다
그래도 우리들은 애나 다름없는
소리속의 따뜻한 우정을
내게는 어린 시절 옹달샘 같은
신선한 내 친구 강수복.

릴리파

– 내친구 이이화

잊혀 지지 않는 릴리파
서로가 대각선으로 쳐다본다
눈에 익은 얼굴
50여년전 박정희 대통령의
독일방문 축하연에서
눈으로 마주친 초등 동창생
그 당시 유명한 가수 릴리파라 한다

공연 후 본(Bonn)의 베토벤홀을 나올 때도 서로가 내
내 뒤를 돌아보면서 헤어졌다
그러다 떠오른 이름 이이화
독일어로 릴리파로 명명
지금도 아쉬움이 남아 있다
애기하지 않은 후회
엄청나게 화려한 겉모습 뒤
어느 구석 한줄기 외로움이
자꾸만 뒤를 돌아보게 하였다

다재다능하신 아버지

집으로 들어오시는 아버지의 손에는
언제나 상투과자가 지금 황혼 길에서도 그 과자는
내 어린 시절 향수다
바둑, 마작, 국궁 못하시는 놀이가
없을 만큼 다양한 놀이꾼
수영실력도 수영선수 못지않으시고
그 위에 판소리, 가야금까지
다재다능한 아버지시다

중년의 쓰라린 사업실패 판소리와 책 읽기로 극복
그 후 갖게 되신 천주교 신앙은
저 세상 가는 그날 새벽에도 아침미사 참례를 하셨다
거의 매일 새벽미사 참례를
30년 가까이, 두꺼운 신.구약 성서 책을
매일아침 식사 후 읽기를
시계 바늘처럼 정확하게, 돌아가시는 그날 까지도,
몇 번쯤 반복해 읽으셨다

모든 인생살이 해답이 이 책에 있다고 하셨다 어머
니 떠나신 후 7년을

하루도 빠짐없이 짤막한 일기를 쓰셨으며

방안은 항상 정리정돈 하이얀 성모상을 즐겼듯이 아
버지 게서도 언제나 단정한 모습

아버지, 시를 쓰게 된 사랑했던 큰딸,

저 세상 어딘가 에서

원하시는 삶 맘껏 누리시기를 기도해본다

바다 한 폭을 화분에 심다

바다가 보고 싶어 부산에 갔다
오랜만에 바다 내음에 젖어 들었다
탁 트인 바다가 내 몸의 근심까지
다 쓸어가 담을 것 같은 넉넉함
모래밭에서 발견한 바다 한 폭
소라껍질 자갈 조개껍질 바다바람까지
우리 집 화분 속에 심는다

어느 날 잔잔한 파도소리
지중해의 푸른 물결
여행 속 낯선 바다
젊은 날의 터질 듯한 수영복 차림
물결 헤치면 수영을 즐겼던
우리들
황혼 길에 떠오르는 흑백사진은
조용한 바다 한 폭이다
손 그네 놀이

아빠 엄마 손잡고
그네놀이 하는 저 아가야
함박웃음이 터진다

내 아들에게는
딱 한번 해준 그네놀이
그 후론
돌아오지 않는 배를 타고
멀리 떠나간 아빠

엄마 아빠 사랑 마당에서
한껏 뛰노는 애기들을
바라보면서
조금은 희미한
낡은 필름이 되어 지나간다

피아노를 가르치다

초등학생인 아들과 나란히 앉아
미사를 드리면서 성가를 부른다
엄마를 쳐다보며 피아노를 배우고 있는
아들, 음계를 잘 보면서 노래하라고 한다
지금도 그 성가를 부를 적마다 초등시절
아들이 떠오른다 20대 초반 독일인 가정에 초대되
어 한국노래 한 곡을 피아노로 연주해 보란다 피아노
를 칠 줄 모른다는 나의 말에 너무나도 놀라워하던 그
독일인 덕분에 내 아들에겐 초등학교 입학 때부터
피아노를 가르쳤다
지금은 그 피아노가 삶의 반려자로
바쁜 의사 생활 속 스트레스를
건반위의 손가락으로 해결한단다
나는 오늘도 지난시절 그 독일인이 생각난다

분홍색 파라솔

뜨거운 햇빛 받고
나들이 하는 우리 엄마
분홍색 파라솔과
엄마 복사꽃이 걸어간다

중세 유럽 귀부인들의
고상한 애장품
세련된 색상의 양산을 즐기기도 했다

오늘은
발그레한 함박꽃이 되고 싶어
분홍색 파라솔을
펴는 순간 양산 속 젊은 날의
우리 엄마가 나와 같이 걷고 있다
커다란 분홍색 파라솔이 펴졌다

천이백원의 천사

10분밖에 남지 않은 미사시간
정류장에 헐레벌떡 뛰어 오자마자
버스가 도착했다
탑승하면서 승차카드를 찍으려니
지갑과 교통카드가 없다
집에서 다른 가방을 들고 왔나 보다
나는 기사님께 애원했다
무료로 태워 달라고,
또다시 말하려는 순간
운전석 뒤의 60대 초로의 아주머니가
카드를 내밀면서 찍으라 한다
천이백원의 천사
몇 백배로 갚아 주십사라고 기도하였다
30 여 년 전 어떤 고등학생이 탑승
무임승차, 운전석 기사님으로부터 호통을 맞는 학생
오늘 너는 몇 번째이니 돈을 내란다

그때 내게 있던 일만원을 건네고 싶었는데
망설이다가 다음 정거장에서 하차
30여년이 지나도록 후회했다
오늘 다시금 되새긴다 하고싶은 선행은
즉시 해야 한다는 것을 황혼객에게 또 가르친다
천이백원 천사의 가르침을.

벙어리 냉가슴

새벽마다 6시 미사 참례를 가는 길은 도로변 큰길에
서 성당으로 집으로 돌아오는 길은 산길로 편백나무
소나무들의 산뜻한
　공기 속으로 그 위에 그 시간대에 등산하는 공직에
서 물러난 내 또래 같은 아파트 308호 남자
　맨손 체조하는 내 모습이 어느 무희보다 아름답단다
　여기에 나이 듦에 더욱더 향기로워 진다는 찬사
　서울로 이사 간다는 내게 던진 마지막 인사
　30여년 동안 벙어리 냉가슴 앓았단다
　한동네에 살면서 오늘 따라 매봉산 산길에 그 남자
가 보인다

걸어서 룩셈부르크로

룩셈부르크(Luxemburg)
유럽의 고풍스런 거리와 건물들
옛 것도 지키고
현대와 어우러진 아름다운 풍경들

모젤강이 유유히 흐르면서
프랑스와 독일 룩셈부르크의
경계선을 알리는 강물속의
등대를 닮은 작은 조각품
모젤강변의 드넓은 포도밭
향긋한 포도주와
한가한 유럽 국가들의
여유로움 속으로
파란 눈의 베버(Weber)야
황혼길 내게 손을 내밀어다오

비 온 뒤

7월 초여름
비 온 뒤 매봉산
초록의 상쾌함

나뭇잎 살랑거리며
빗물에 찌꺼기 흘려보내
숨쉬기도 상쾌해

탁한 공기 다 쓸어간 산속
눈뜨기도 상쾌해

더러운 욕심들 빗물에 씻겨내려
발걸음도 상쾌해.

독일 신부님 에른스트(P. Ernst)

'누군가 널 위해 누군가 기도하네'
방송에서 들려오는 노래소리에 떠오르는 에른스트
신부님 동양인 닮은 당신
20대 초반 에른스트 신부님 사제관에서
일주일간의 휴가 퇴원후의 몸조리
병약한 내게 대한 배려
20년이 흐른 뒤 낸 친구가
우연히 독일에서 만난 에른스트 신부님이
나의 소식 궁금하다네
날 위해 기도해 주신다는 얘기
감사하다는 답례편지,
한 번한 후 저 세상으로 가셨네
이제 나는
해질녘 노을에 앉아
누군가를 위해 기도하네

무티 아그네스(Mutti Agnes)

대리석 같은 사람들
대리석 같은 분위기
대리석 건물
독일 어느 수녀원이
내게 준 첫 인상이다

무티 아그네스(Mutti Agnes)
원장수녀님 아그네스(Sr.Agnes)
17살에 수녀원에 들어와 40대 후반
온몸에서 묻어나는 수도자(수녀님)
처음으로 느낀 딸 같은 동양인에게
엄마 같은 사랑이 샘솟았나보다
나의 외로움과 두려움
원장 수녀님 사랑 속에서 녹아 내렸다
그녀가 아프리카 분원으로 파견되어 떠나고 결국 외로
움 속에서 허우적거리다가
나오게 되었다 8년 뒤 러브콜

허지만 세속의 생활인이 되었다
지금도 그리운 원장 수녀님 아그네스
진한 사랑을 내게 쏟아 주셨던
파란 눈의 내 영혼의 엄마
무티 아그네스

Mutti : 엄마라는 독일어

아들의 책을 읽은 후

언제나 밝은 모습의 내 아들
같이 밥을 먹을 때나 쇼핑을 할 때도
어려움 없는 아들의 삶으로만 착각한
엄마의 우둔함을 깨달았다
무척이나 힘들고 쓰라린 고통이 겹치는 날들이 수 없
이 많다는 것을
아들의 책을 통해 알았다
유일한 나의 힘
하느님, 곁에서 돌봐 주시옵고
당신의 힘이 되어 주시면
못 넘을 담이 없겠습니다
(공동번역 성서 시편18.29: 하느님께서 도와주시면
어떤 담이라도 뛰어 넘을 수 있고
나의 하느님께서 힘이 되어 주시면
못 넘을 담이 없사옵니다)
나팔로 부른다

오늘 우연히 그리운 나팔꽃을 보았다
말로 애기하기보다
느낌으로 더 아름다운 나팔꽃
30여년 한동네에 살면서 해마다
나팔꽃 피는 계절이면
흰색 남보라 자주분홍빛 제일 예쁜 나팔꽃,
산 입구의 산지기 아버지와 아들만이 사는
집 울타리에,
새벽이면 반갑게 방긋 웃는
나팔꽃
나팔소리에 달려와 마주치는
너의 산뜻한 아름다움
어김없이 햇살에는 닫아버리는
너의 몸가짐
애틋한 사랑 노래를 밤에서 새벽 까지만
나팔로 부른다

사랑의 팥빙수

파아란 유리 대접에
엉성하게 갈은 얼음
내 삶은
팥을 얹어 흰 설탕 뿌린
어린 시절 팥빙수다

오늘 먹은
감미로운 팥빙수
남산 하얏트호텔 커피숍의 팥빙수
솜털 같은 눈송이 얼음에 자줏빛 팥,
얼린 홍시, 밤, 콩가루, 묻힌 인절미,
연유, 밀키아이스크림

사랑하는 아들과
나란히 같이 먹는,
사랑의 팥빙수가 노래를 부른다

물끄러미

남산의 그랜드 하얏트 서울호텔 커피숍
서울의 조용한 지붕 위 풍경
남산이 주는 초록의 향연
물끄러미
쳐다본 창밖의 뭉게구름
나는 지금 외국여행을 가고 있는
비행기 안에서 창밖을 보고있다
뭉게구름도 움직인다

내 아들과 즐거운 하루
여름휴가 한나절 여행을
남산 하얏트호텔에서
물끄러미 창밖을 쳐다보며
창안의 여행객들과 함께
팥빙수를 먹는다
각양각색의 맛이다

나의 제라늄

나의 제라늄이 떠났다
내게 시상도 떠올려 주었던 그 화분
호접란이 자리를 대신했다
신기하다 제라늄이 늙어 지저분해 정리해야겠다 맘
먹고 있던 차에
아래층 말가릿다 반장이호접란을 들고 왔다
키우기가 어려워 내게 가져 왔단다
내 사랑 나의 화분 정성을 한껏 쏟았던 제라늄이
떠난 자리가 아직도 쓸쓸하다
식물에게도 서로가 인연이 있고 사랑도 있는가 보다
떠나간 나의 제라늄,
사랑하는 사람과의 이별만큼이나 슬프다
내게
사랑한 것만큼 기쁨도 주고
웃음도 건네주었던 나의 제라늄.

수평선

아침 햇살 맞으러 청사포 전망대에
올랐다
끝없이 펼쳐진 수평선이 주는
저 평화로움
솟아오르는 태양의 용솟음에
힘찬 발걸음으로 내딛은 지난 시간들

괴로웠던 시절엔 수평선 저 넘어
나의 파랑새가 날아오기만을 기다리기도
예나 지금이나 외국이나 고향에서나
한결 같은 고즈넉함에
시작도 없고 끝도 없이 펼쳐지는
무한의 수평선
황혼 속에서 바라본 네게
수평선만큼이나 공평하게
우리들 삶인가 보다고 말하고 싶다

해운대 석태암

푸르게 흐르는 물소리 곁에
석태암에서 법문소리가 들린다
해운대 장산 허름했던 작은 사찰에
새로 오신 스님 한 분
호감을 주는 매력적인 외모에
나날이 법당 앞 신발들이 수두룩하게 쌓인다
마음속 깨달음도
스님의 매력적인 무언가에 이끌려야

오늘의 중생들은 시각 청각 지성
그 위에 매력의 얼굴 모습까지도
마음속 깨달음도 얻게 된다고 착각한다
오늘의 깨달음에서 내일의 극락세계도
자리하게 되리라 생각하면 아름답다

꿩 만두국

매봉산 등산 친구
헤레나, 오늘은 미사 후

우연히 마주쳐
비 오는 정오
점심 메뉴는 꿩 만두 국
한 번도 먹어보지 못했단다
난 작년에 한번 생애 처음
올해는 오늘 처음이다

꿩 만두국에
꿩이 들어 있을까
꿩국물 한 방울 이라도……
오늘도
행복감을 느끼며
또 하루가 지나간다

보리굴비를 받고서

바람을 타고 배달됐을까

한가위 보름달을 안은 듯
환희의 순간이다
소중한 친구의 선물이 날아왔다

퀵 배달군 날개 달고 보리굴비가 웃는다

내가 모르는 전화가 몇 번 울려도 받지 않았더니
메시지로 친구가
내게 추석선물을 보내고 싶단다
나는 생각지도 않은 일
기쁨에 찬 놀라움이었다
순간 나비가 되어 어디든지 날아가서 속삭이고 싶다
친구에게 사랑받아 너무 행복하다고
받은 사랑 더 크게 펴서 감사의 날개
겹겹이 달아 보내고 싶다

사랑덩어리 보리굴비는 나의 소녀시절 친구다

나는 2019년 추석날밤
사랑의 보름달 한 아름 안았다.

속앓이 우리엄마

초등시절 우리 집엔
짚차가 있었다
작은 엄마의 남동생 결혼식
우리 엄마가 결혼식 음식을
잔뜩 장만하여 차편으로
보내는데
나와 여동생은
그 결혼식에도 참석했다

월남해온 남매, 작은 엄마와
그 남동생 도와주다가
배다른 동생이 생기면서
작은 엄마에게
따로 살림을 차려주었단다

철없던 시절 작은 엄마는
내가 원했던 수영복을 사주신 천사엄마

우리엄마의 속앓이를 알았던 것은
이 세상 떠나기 전

하얀 이불속
무의식적 헛소리에서 베어나와
그제야 속앓이 한 것을 깨달았다

저 세상 가서는 훨훨
원하시는 삶 맘껏 누리시기를 기도한다
나는 매일 미사 때마다 존경과 사랑을 보낸다

사랑은 빛의 긍정, 시 한 줄의 향기다

박정이 <시인 소설가>

이영 시인은 작품 속에 깊이 묻어둔 내면의 향기를 끌어내어 자의적이며 주관적인 생각으로 자아를 어떤 의미로 둘 것인가를 고민하고 있다. 필자는 이영 시인의 시를 해설하기 위해 자연의 풍경을 좀 더 내밀히 들여다보아야 했다. 작품마다 서정적인 바탕위에 뭔가를 표현하려는 의지가 대부분 차지한다. 현실의 어떤 메시지를 끌어내기 자연 앞에 겸손히 엎드리는 겸손함이 묻어 있다. 시인의 시는 어떤 사물에서 꽃이 피고 초록이 물들고 바람이 불었으며 세상의 고요 속에서 환희를 묻고 슬픔을 묻고 외로움을 묻었다. 그의 작품 속에서는 늘 사랑이 일렁이고 노래가 있고 춤이 들어있다.

분명 사물의 존재론적인 시어들은 생각의 생각을 겹쳐가며 때론 생각의 물음을 던지며 사유에 중심을 둔 작품들이 많았다. 평생 살아온 발자취들을 솔직하게 표현하는 대담함도 전개되었으며 세상에서 흔히 불확실한 가치를 두지 않고 자연에 코의 숨을 들이 키고 있다. 늘 꿈 위에서 사는 순수덩어리 여성 시인이다. 허구성이 없는 리얼리즘을 선택했으며 평범함 속에서 작품을 들여다보는 아름다운 작품들 비타민을 섭취하듯 늘 맑고 투명한 비유를 한 작품들이다.

때론 즉물적인 표현, 아직 때 묻지 않는 순수 발상이 많았다.

필자가 <거울>이라는 시를 첫 번째로 둔 것은 초월의 식이 어떤 의미인가를 생각해 보기 위해서다. 우선 먼저 <거울>이란 시를 읽어보자.

저만치 낯 설은 얼굴
언젠가 지하철 맞은편
그 흰머리 친구의 얼굴은
내 얼굴이었다

그때 깜짝 놀랐던
나는
미용실 거울 속에
나 혼자서 몰래 비쳐보았다

지난날 예뻤던 내 얼굴

보고 또 보았던 그때
아무리 보아도
지금 하얀 머리의 나는
분명 우리 어머니 모습이다

아직도
내 마음 속 거울 엔
단발머리 소녀다

― <거울> 전문

이영 시인은 어느 날 지하철 타러가다 거울에 비친 자신을 비쳐보며 깜짝 놀란다. 마음은 아직도 단발머리 소녀인데 거울에 비쳐진 모습은 어머니의 얼굴로 보였다. 시간은 광대하지만 벌써 초록이 아닌 늦가을 단풍에 물들어 버린 한 여자를 생각했다.

화자는 존재의 가치와 의미가 한층 솔직한 현실을 민감하게 받아들이고 있다. 어쩌면 결빙의 시간처럼 흰머리 위에 흰서리가 덮여져 있는 자신의 생을 생각하고 있으며 여자의 혼이 절절하게 표현되었다는 점이 좋다.

다음 작품 <바람의 시신>을 감상해보자

바람
바람은 어디에서 와서

어디로 가는지
팔순이 넘은 홀로된 아버지와 함께 살면서
죽음에 대한 공포가 항상 나를 기도하게 하였다
제발 한 밤중에 죽음을 맞이하게 말아 주길……
어느 날 아침 아버지께
불평과 불만의 말을 심하게 했던 나에게
화가 난 얼굴로 무섭게 두 눈을 치켜 뜨는 순간
새파란 한 줄기 섬광이 눈빛에서 나와
하늘로 치솟는 광경이
그 순간 아버지의 일그러진 모습이 너무나도 무서웠다
그 싸늘한 섬광이 떠나가는 영혼이라 생각되었다
그날 오후 아버지께서는 목욕탕 사우나 실에서
잠든 상태로 저 세상으로 가셨다
아침에 보았던 섬광처럼 나온
빛의 바람이 영혼이 아닐까
영혼인 바람의 시신이 육신의 죽음보다
먼저 떠난다는 것을
그날 체험이후 나는 항상 생각한다
바람의 시신이 어디로 갔을까

- <바람의 시신 전문>

팔순이 넘은 홀로된 아버지를 간병하면서 죽음에 대한 공포가 역력히 들어나 있다.

이영 시인은 바람의 시신을 노래한다. 바람은 어디에서 와서 어디로 갈까 하는 어떤 아버지의 사랑을 느끼면서도 한편으론 아버지가 바람 한 줄의 시신으로 보였다. 그 사유가 정말 서프라이즈다. 늘 아버지의 사랑을 받고 자랐던 시절 어쩌면 시인은 노블리스 오블리주(Noblesse Oblige)프랑스어로 높은 사회적 신분에 상응하는 도덕적 의무를 갖는다는 뜻도 포함되어 있으며 어려움 없이 자랐다. 시인은 밤마다 어둠과 대화도 하고 고통에 시달리는 아버지를 걱정하며 자연을 노래했다.

다음 작품 <거실의 제라륨>은 벽과 벽이 묻힌 자기긍정의 시 의식을 살펴보면 어떤 것들이 표현되는지 생각해 볼 필요가 있다.

나는
베란다 아닌
거실의 곳간을 채우기 위해
색색의 제라늄을 묻었다
빨강색 제라늄이
빨강색을 잊어버리기 전
그 절정의 빨강색 꽃잎들이
나를 반긴다

겨울 속 나의 정원에 새가 앉았다

저토록 이나 빨갛고 아름다운
작은 화분 속 나의 제라늄

계절 내내 꽃을 피우는
색색의 제라늄
분홍색 꽃잎이 예쁜 분홍색일 때
나는 분홍색 립스틱을 바른다

   - <거실의 제라늄>전문

 도회적인 사유의 초월을 뛰어넘어 감빛의 노을은 시계 바늘이 돌 듯, 시적 자아가 인식과 공간속에서 마지막 순간의 열정을 쏟아낸다. 황혼기에 접어든 화자와 노을의 비유를 잘 표현했다. 위축된 삶 자체에서 잠시나마 벗어나고픈 욕망을 화자도 또 우리 인간도 누구에게나 느끼게 될 것이다. 매봉산을 매일 등산한다는 이영시인의 감성적인 정서와 부지런함과 시적인 음악성이 배어있다.

저물어 가는 감빛의 향연이 펼쳐진다
하루를 마감한 태양이
사라지려는 순간
붉은 햇덩어리가
마지막 순간의 열정을 쏟아낸다

황혼기에 접어든 나 역시
화려한 빛을 발산하고

떠나가는 저 매봉산의 노을처럼
오늘 하루도 시들어가는
황혼의 열정을 남김없이 태우련다

           - <매봉산 노을>전문

내게 질문을 던져본다

어느 날 아침
마주친 등교 길 학생들은
언제나 활기찬 발걸음이다
예나 지금이나 해맑은 웃음소리

오늘은 같은 길에서
걸어오는 어느 여자 중학생을 만났다
빠알간 입술
또 다른 여학생은 주황색 입술
달려오는 세번째 여중생은 분홍색 입술

엄마의 립스틱을 살짝 발랐을까
지난날 여자 중학생들의
발그스레한 입술은 어디갔을까

자연스런 입술색이
　　가장 아름다운 입술인데
　　나는 내게 질문을 던져본다

　　　　　- <내게 질문을 던져본다>전문

　여중생들은 늘 깔깔거린 연초록 잎을 달고서 해맑은
웃음이 터지도록 은빛으로 내딛지 않는 골목을 뛰어다녔
는데....자유로운 영혼의 눈이 상상의 세계로 날아다녔다.
　결빙된 세대의 교차일까, 한시절의 대추알 같은 꿈이
단단했는데 입술에 붉은 루즈를 바르고 있는 그들을 본
다. 막다른 초월의 의미를 다시 한 번 상기시키는 추상성
이 결부되었다는 의미로 받아들여진다.

　시인의 또 다른 작품 <어부의 만찬>이다.

　　겨울 바닷가
　　조그마한 어촌의 선창 모래밭
　　건조망에 펼쳐진 겨울물고기
　　대구 아구 메기 납세미⋯⋯
　　방금 어부의 손길에서 벗어나
　　팔딱거리며 숨쉬고 있는 건조망위의
　　물고기가 가엾다

하룻밤 여행으로 삼은 이수도의
팬션 어부의 만찬
이름처럼 겨울 해산물로 꾸며진 밥상

대구탕, 아구탕, 메기탕 등
조개들의 합창 피조개 소라 가리비 등
문어 낙지 새우 해삼 등
생선회와 해초류 등
황혼기에 접어든 내 생애 통틀어 맛보았던
해산물들을 하루동안 다 맛볼 수 있는
이수도의 맛기행은
진정한 환희였다

                 ― <어부의 만찬>전문

  어부의 만찬에서도 하룻만 형제들과 이수도의 맛 기행
으로 시작된다. 오랜만의 여유 속에 내면의 자유를 만끽한
다. 잠시나마 우울을 버리고 행복한 맛기행이 엿보인다.
어떤 평정을 견지하지 않는 감정의 중압감이 덜어진다.
  이시에 표현된 진정한 환희의 표출은 환지통을 훌훌버
리고 있다.

  다음 작품은 <흙길을 걷는다> 역설적인 내면의 세계
를 더듬어 보는 작품을 살펴보자.

오늘도
매봉 산 흙길을 걷는다
조금은 푸석한 흙길
어머니의 품속 같은 포근함,
나는
그 산속의 흙길을 걸어간다

이 작은 등산길
거의 사철나무 없는
나목만이 자리한 겨울 산이지만
이 흙길을 걸으면
자꾸만 자연으로 되돌아가고 싶다
맘 한구석에서 묻어나는
미지의 자연섭리
흙에서 태어났으니 흙으로……

– <흙길을 걷는다>본문

이영 시인은 한줌의 흙을 손에 쥐고 한줌의 흙을 밟고, 한줌의 공기를 입술에 적신다.

양팔을 벌리고 호흡하며 매봉산의 메아리를 부른다. 자유로운 시인의 시적자아가 메아리가 되어 반복한다. 한 잎의 시를 낭독하고 한줌의 무게를 달아보며 매봉산의 흙길을 걷는다.

황혼의 행복감을 마음껏 누린다. 거대한 꿈이 아니다.

실체없는 헛됨이 아니다. 일상에서의 생활이 엿보인다.

이영 시인의 시세계를 다시 젖어보는 시간이다. 커피의 목소리가 들린단다.

이 작품을 읽어보며 환희에 찬 생을 더듬어보며 읽어 본다.

커피의 목소리가 들린다

50여 년 전
처음 마신 진한 커피에 취해 버렸던
바리톤 목소리의 블루 마운틴

미국 그랜드케년에서 마셨던
소프라노 음성의 가벼운 아메리카노
어지러웠던 내게
머그잔 가득 한잔의 아메리카노를
마시게 한 그 간호사
저혈압인 사람은 커피 한 잔에
혈압이 상승
어지럼증을 완화시켜 정상으로 회복된단다

그 후 매일 아침
자마이카 블루 마운틴에
몇 방울의 하이얀 우유 넣은
연갈색의 커피

찻잔도 따뜻하게
맛과 향도 적당하게
정성까지 잘 배합된

달콤한 멜로디의 모닝커피
행복한 하루가 열린다

— <커피의 목소리가 들린다> 전문

화자는 커피를 매일 마실 때마다 50여년 전 처음 마셨던 진한 추억을 잊지 못한다.

물결의 수액이 방울방울 맺힐 때마다 커피 향의 부드럽던 달콤한 추억의 커피를 잊지 못한다. 이영시인은 언제나 20대의 순수한 사랑이 담겨있다. 아름다운 시인의 감성이다.

가을구름의 언저리에 핑크빛처럼 표현되는 이영 시인의 또 다른 작품들을 들춰본다.

오늘 그녀는
어느 모임에서 보았던
꽃병속의 함박꽃을 생각한다
그 순간
떠오르는 어릴 적 수목원 같은

우리 집 넓은 정원
작은 연못에 작은 돌다리까지 있었다
연못가에는
탐스럽고 화려한
분홍색 함박꽃들
동생과 나란히 함박 꽃 만큼이나
활짝 웃고 찍은 사진은
떠오르는 영화의 한 장면이었다
지금 황혼기에도
그 아름다운 풍경은
자연의 풍요로움,
그리고 즐거움이다

　　　　　　　　　　　－ <분홍색 함박꽃>본문

　어릴 적 떠오르는 추억을 사유의 아름다움으로 표현하
는 법을 여기에 표현했다.

　사물과 언어를 자유롭게 묘사하는 힘이 있다. 그만큼
음악을 좋아하고 춤을 좋아하는 이영 시인만이 할 수 있
는 표현방법이다.

　그럼 하루살이의 사랑이라는 시를 보면

나는 하루살이의 사랑은 싫다
가벼운 음성
가벼운 눈길
가벼운 몸짓

애교 섞인 눈빛으로 안녕하세요
처음엔 솔깃
두 번째 들을 때엔 메마른 느낌
세 번째는 이미 멀어져버린 느낌
하루살이의 매력을 느끼지 못하고
묵은 사람만을 고집하는 내게는
아직도 무뚝뚝한 첫 향기가 좋다

허지만 해 질 녘 노을에 얹혀 있는
지금 내게는
하루살이의 사랑에도
깊은 환희를 느낀다

— <하루살이의 사랑> 본문

　시의 희언법을 써서 직관의 눈으로 본다. 문장의식의
형식으로 굴절의 확연한 사유를 뭉개버린 사물의 본질을
확실히 발상한다. 그것에 대한 어떤 불편함도 개의 않았
고, 화자의 안과 밖을 리얼리하게 발휘했다.

몸의 해독제 복국
작은 간이역 앞의 허름한 복국집
20여 년 전 생각을 하며 내린 일광역
현대식 건물의 일광 대복집
명절음식으로 거부룩한 몸이
한 그릇의 복국으로 가뿐해 진다

마음속 응어리도
매일의 기도 속에서 풀어낸다
생각도 많고
말도 행위도 바르게

내 황혼길
남은 삶에서
몸과 마음 해독하며
가볍게 저물어 가는 바람

– <해독제 복국> 본문

질주하는 도로 위
보도블록 틈 사이에서 홀로 솟아나는
들풀의 끈질긴 강인함이여
역경의 어려움을 헤쳐 나갈
용기를 네게서 배웠고
참고 견디는 인내심도
너의 끈기에서 배웠다

– <들풀> 본문에서

<해독제 복국>이나 <들풀>작품도 시를 보는 불편함이 전혀 없다. 이영 시인의 마음 안에 나뒹구는 시의 자유를 스케치한다. 그림을 그려가며 써 내려갔다는 것은 늘 젊음이 살아있다. 소녀감성이 그대로 남아있다는 점은 시의 메아리가 고운빛깔의 시가 되었다는 점에서 칭찬한다. 넓은 문단에 나아가서도 고운 감성의 시인이 되길 바란다.